マヤコフスキー

私　自　身

小笠原豊樹　訳

土曜社

マヤコフスキー

小笠原豊樹　訳

私　自　身

土曜社刊

Владимир Маяковский

Я сам

Published with the support of
the Institute for Literary Translation, Russia

ИНСТИТУТ ПЕРЕВОДА

AD VERBUM

底　本

『マヤコフスキー選集 I』(飯塚書店，1958年)

私自身（自伝）

主題

私は詩人である。私という人物が興味をひくのは、そのことだけだ。だから、そのことについて書こう。ほかのことについては、それが言葉に定着されている場合に限り。

記憶力

ブルリュック（マヤコフスキーの友人、画家。ロシア未来派の創唱者）曰《いわ》く、マヤコフスキーの記憶力はポルタヴァ

（一七〇九年ピョートル一世がスウェーデン軍を惨敗させた、いわゆる北方戦争の激戦地）に至る道だ――みんな靴を棄てて行く、と。だが私は人の顔や日付を記憶するのは苦手である。一一〇〇年にドーリア人とかいわれる連中が、どこそこの土地へ移住したぐらいのことしか、おぼえていない。その事件の詳細は記憶していないが、定めし大変なことだったのだろう。いずれにしろ、記憶するなどということは――「五月二日これを記す。パヴロフスク。噴水のかたわらにて」といった具合に――全く下らない。だから年代の点は自由に書き進めることにする。

肝心なこと

一八九四年七月七日に生まれた（あるいは九三年――母の意見と父の書類はくいちがっている。どちらにしろ、それ以前ではあるまい）。出生地はグルジア、クタイス県、バグダジ村（実際は一八九三年新暦七月十九日に生まれた。バグダジ村は現在ではマヤコフスキー村）。

家族の構成

父、ヴラジーミル・コンスタンチノヴィチ（バグダジ村の林務官）一九〇六年没。
母、アレクサンドラ・アレクセーエヴナ（一九五四年没）。
姉、（a）リューダ（リュドミラの愛称、一八八四―一九七二）。
（b）オーリャ（オリガの愛称、一八九〇―一九四九）。
ほかにマヤコフスキー家の者は、明らかに存在しない。

第一の思い出

絵画的な概念。場所は不明。冬である。父は雑誌「祖国《ロージナ》」をとっていた。「祖国《ロージナ》」にはこっけいな附録がある。家中でこっけいなことを喋りながら、待っていた。父は部屋のなかを歩きまわって、十八番《おはこ》の「アロン・ザンファン・ド・ラ・パ・チェトゥイレ」（マルセイエーズの冒頭。正確には「……ド・ラ・パトリィ」だが、ロシア語で「パトリィ」といえば「三回」の意。「パ・チェトゥイレ」は「四回」の意）を歌っている。「祖国《ロージナ》」が来た。私はそれをひろげて、すぐ（小さな絵があった）どなる、「おかしいなあ！　おじさんがおばさんとキスしてる」。家中が笑った。あとで附録が着いて、ほんとうに笑う必要に迫られたとき分かったのだが、さっきは私のことを笑ったのだった。こうして絵とユーモアについての私たちの概念は分離した。

第二の思い出

詩的な概念。夏である。お客が大勢来た。美男子で、背の高い学生――B・P・グルシコフスキー。この学生は絵を描いていた。革表紙の大きなノート。ぴかぴか光る紙。紙の上では、ズボンをはかないのっぽの男（肌にぴったりしたズボンをはいていたのかもしれない）が、鏡の前に立っている。その人物の名はエヴゲニオネーギン

（プーシキンの長詩の主人公エヴゲーニイ・オネーギンをつなげて発音した）といった。ボーリャ（ボリスの愛称）ものっぽだし、絵の人物ものっぽだ。なるほど。というわけで、私は「エヴゲニオネーギン」とはボーリャのことだと思っていた。この誤解はほとんど三年もつづいた。

第三の思い出

実際的な概念。夜である。壁のむこうでパパとママのひそひそ話がつづく。ピアノのことだ。私は一晩中眠れなかった。一つ文句が私をくすぐった。翌朝、跳び起きて、「パパ、分割払いってなあに」。その説明はたいそう気に入った。

わるい習性

夏である。びっくりするほど大勢の客。誕生日の集まりである。父は私の記憶力をみんなに自慢した。誕生日というと、私は詩を暗誦させられたものである。今でもおぼえているが、父の誕生日用に特におぼえたのは、

むかし群なす
族《やから》の山々……(レルモントフの詩「いさかい」の冒頭)

「族《やから》」と「巖《いわお》」ということばに、私は腹が立った。どこの何者か知らないが、そんなやつらに私はついぞお目にかかったことがなかった。あとで、それが「詩的なもの」だと知って、私はひそかにそれを憎み始めた。

ロマンチズムの始まり

最初の家ははっきりおぼえている。二階だて。二階は私たちの住居。階下は葡萄

酒の醸造所になっていた。年に一度、葡萄が荷車で運ばれてくる。それをしぼった。私はたべた。おとなは飲んだ。バグダジ近辺の古い古いグルジア砦の領地だったところである。砦の石垣は四角形になっていた。石垣の角々には大砲の台座があった。石垣には銃眼。石垣のむこうには掘割。掘割のむこうには森と山犬。森にかぶさるように山。私はすこし成長していた。いちばん高い山に駆け上がった。北へむかって、山は徐々に低くなっていた。北には山脈の切れ目があった。そこがロシアだと思った。ふしぎなほど、そこにひかれた。

珍しいもの

七歳の頃。父は私を馬に乗せて、林務区の巡察に連れて行った。峠。夜である。霧に包まれた。父の姿さえ見えない。せまい小径。野バラの小枝を父が袖で払ったらしい。その枝が私の頬にぴしりとはね返ってきて、刺がささった。私は泣きそうになって、刺をぬいた。途端に霧も痛みも消え失せた。霧の裂け目を通して、足の下に、空より明るいものが見える。それは電燈の光だった。ナカシーゼ公爵のリベット工場である。電気を見てからというもの、自然にたいする関心を全く棄てた。自然なんて不完全なしろものである。

勉強

ママと親戚の女たちが、寄ってたかって教えてくれた。算術は嘘のような気がした。林檎や梨を少年たちに分配して、その数をかぞえろというのだが、私は数などかぞえずに貰ったり分けたりすることに馴れていた。コーカサスでは、果物はいくらでもあるので。字をおぼえるのはおもしろかった。

最初の本

「鳥刺アガフィヤ」(クラヴジン・ルカシェヴィチ作の感傷的な少女小説)とかいう本。当時こんな本にばかりお目にかかっていたら、私は本を全然読まなくなっていたかもしれない。さいわい、二番目の本は「ドン・キホーテ」だった。これこそ本らしい本！　木剣や鎧《よろい》を作って、あたりのものを切りつけた。

試験

引越した。バグダジからクタイスへ。中学校の入学試験。受かった。錨《いかり》のことを訊かれた(私の袖に縫いつけてあったので)——私はみごとに答えた。だが教会の坊さんが、「オーコ」とは何かと訊いた。私は「三ポンド」と答えた(グルジア語ではそう言うのだ)。親切な試験官が「オーコ」とは古い教会スラヴ語で「目」のことだと教えてくれた。これであやうく落第するところ。そんなわけで、古いもの、教会のもの、スラヴのものは、一切きらいになった。私の未来主義、私の無神論、私のインターナショナリズムの始まりは、もしかしたらこれかもしれない。

中学校

予備科の一年と二年。首席だった。みんな五点（ロシアでは五点満点）。ジュール・ヴェルヌを読んだ。概して空想的な読書傾向。ある鬚もじゃの男が私の絵描きとしての才能を発見した。ただで教えてくれた。

日露戦争

家の中の新聞や雑誌の量が多くなった。「ルースキエ・ヴェードモスチ（ロシア日報）」、「ルースコエ・スローヴォ（ロシアの言葉）」、「ルースコエ・バガーツトヴォ（ロシアの富）」などなど。私は片っ端から読んだ。わけのわからぬままに興奮した。巡洋艦の絵葉書に感激した。その拡大図を何枚も何枚も書いた。「檄文《プロクラマーツィヤ》」という言葉が使われるようになった（「プロクラマーツィヤ」は本来のロシア語にはない外来語）。檄文を塀に吊したのはグルジア人である。グルジア人を絞首台に吊したのはコサック兵である。私の友だちはグルジア人だった。私はコサック兵を憎むようになった。

非合法

モスクワから姉が帰省した。すごく張り切っていた。こっそり私に細長い紙切れをくれた。それがとても危険なので、気に入った。今でもおぼえている。第一のは、

めざめよ、同志、めざめよ、兄弟、
いざや大地に銃を棄てよ（第一ロシア革命当時広く知られた作者不詳の唄「兵士に」）

それからもう一つのは、結びが、

さもなくば、ほかに路《みち》はなし、
ドイツへ行け、息子、女房、おふくろもろとも（作者不詳の諷刺詩「わが町のごとく」より）

（皇帝《ツアーリ》のことである）。
これは革命だった。これは詩だった。詩と革命があたまのなかで何となく結びついた。

一九〇五年

勉強どころではない。成績は二点に下がった。四年に進級できたのは、私があたまを石で割られたので（リオン河の岸辺で喧嘩したのだ）、再試験のときお情けをかけられたのだろう。私にとって、革命はこんなふうに始まった――私の友人で、教会の坊主の家の料理人をしていたイシドールが、嬉しさのあまり裸足でかまどの上に跳びあがったのである。アリハノフ将軍が殺されたのだった。これはグルジア一帯の暴君だ。デモや集会が始まった。私も行った。よかった。私の受け入れ方は色彩的だった。つまり無政府主義者《アナーキスト》は黒、社会革命党員《エセール》は赤、社会民主党員《エスデック》は青、ほかの色は連邦主義者《フェデラリスト》（グルジアのブルジョア国家主義者を指す）だ。

社会主義

演説、新聞。何もかもわからない思想や言葉だらけ。私は白分自身に説明を求めた。本屋のウインドウには白いパンフレットがある。「海燕の歌」。これにも似たようなことが書いてあった。私はごっそり買いこんだ。朝六時に起きて乱読した。最初のパンフレットは「社会民主党を倒せ！」(これは実は社会民主党擁護のパンフレットである)。次のは「経済学の話」。社会主義者が諸事実を解きあかし、世界を体系化する能力には、決定的といっていいほど驚かされた。「何を読むべきか」――この本の筆者はルバーキンだったろうか。それが指示する通りに、私は次々と読んだ。いろんなことがわからなかった。質問した。すると私はマルクス主義研究会に連れて行かれた。ちょうど「エルフルト綱領」をやっていた。まんなかあたり。「ルンペン・プロレタリアート」のところだ。私は一人で社会民主党員になったつもりでいた。父のベルダン銃をひっぱり出して、社会民主党の委員会へ持って行った。

人物として魅力だったのはラサールだ。髭を生やしていなかったからかもしれない。年より若く見える。私のあたまのなかで、ラサールとデモステネスがごっちゃになった。私はリオン河の岸辺をぶらついた。口に小石を詰めこんで、演説の稽古をした(デモステネスはそうやって雄弁術を学んだといわれる)。

反動時代

私にとって、それは次のように始まった。バウマン（有名な革命家、レーニンの協力者。一九〇五年十月十八日に暗殺された）追悼のデモが大混乱におちいったとき（警察の解散命令が出て）、私（ころんでいた）の頭に、おそろしく大きな太鼓のようなものがぶつかってきたのである。私は自分の頭が弾《はじ》けたのかと思ってぎょっとした。

一九〇六年

父が死んだ。針で指を刺したのだ（書類をとじていて）。破傷風である。それ以来ピンというものがきらいになった。幸福な時代は終わった。父の葬式のあと、残った金は家中で三ルーブリ。本能的に、熱に浮かされたように、私たちは机や椅子を売り払った。そしてモスクワへ引越した。なぜだろう。知り合いがいたわけでもないのに。

旅行

いちばんよかったのはバクーの町。望楼、油槽《タンク》。石油はいい匂いがするし、草原《ステツピ》もひろがっている。砂漠まである。

モスクワ

ラズモフスキ村（モスクワ郊外）に寄った。姉の知人の家――プロトニコフ家。翌朝、蒸気機関車に引かれて、モスクワへ。ブロンナヤ街に小さな家を借りた。

モスクワのこと

たべものがわるい。恩給は月に十ルーブリ。私と姉二人は学校に通っている。ママはやむなく食事つきで部屋を貸した。ひどい部屋だ。学生たちの生活は貧しかった。社会主義者である。今でもおぼえているが、私の前にあらわれた最初の「ボリシェヴィク」は、ヴァーシャ・カンデラキだ。

愉快なこと

ランプの石油を買いに行った。五ルーブリ持って。雑貨屋は十四ルーブリ五十カペイカのお釣りをくれた。まるまる十ルーブリ儲かった。良心がとがめた。その店に二度も行った（「エルフルト綱領」に飽きていたので）。誰が勘定をまちがえたのだろう、店の主人か店員かと思って、そっと店員に訊ねた。すると「もちろん主人《おやじ》ですよ！」というわけで、葡萄パンを四箇買ってたべた。残りの金でパトリアルシ池のボートに乗った。それからというもの、葡萄パンはどうもまともに見られない。

仕事

家に金がなくなった。やむなく焼絵をしたり、普通の絵を書いたりした。特に記憶に残っているのは、復活祭の卵だ。まるくて、よく回転し、ドアみたいに軋《きし》る。この卵をネグリンナヤ街の小さな店で売った。一箇十から十五カペイカ。この頃から、ベーム（当時流行した疑似ロシア・スタイルの画家）みたいな連中や、ロシア・スタイルや、家内工業が限りなくきらいだ。

中学校

第五中学の四年に編入された。一点だらけ。ところどころ二点が色を添えた。机のなかには「反デューリング論」。

読　書

小説類は全然認めなかった。哲学。ヘーゲル。自然科学。しかし主としてマルキシズム。マルクスの「序文」(「経済学批判」の序文を指す)ほど私を夢中にさせた芸術作品はない。学生たちの部屋は、非合法文書の発行所になっていた。「市街戦の戦術」その他。青い表紙のレーニンの「二つの戦術」はよくおぼえている。その本は、余白の部分が文字の所まで断ち切られていたので、気に入った。非合法配布のためである。最大限節約の美学だ。

初めて書いた詩みたいなもの

第三中学が非合法雑誌「突進」を出していた。私はしゃくにさわった。ほかの奴が書いてるのに、こっちが書けない筈はあるまい。そこでペンをガリガリやり始めた。おそろしく革命的な、おそろしく醜悪なものができ上がった。現在のキリーロフ（マヤコフスキーと同じ頃のソビエト詩人）みたいなものだ。一行もおぼえていない。二番目のを書いた。抒情詩ができた。こういう精神状態は社会主義的尊厳と両立しないと思って、書くのをやめてしまった。

党

一九〇八年。ロシア社会民主労働党（ボリシェヴィキ）に入党した。商工地区委員会で試験を受けた。受かった。プロパガンディストになった。パン屋、靴屋、それから印刷所へ宣伝に行った。全市会議でモスクワ市委員にえらばれた。ロモフや、ポヴォルジェツや、スミドヴィチ（いずれも一九〇八年当時のモスクワ市委員会メンバー）が来ていた。私の仮名は

「同志コンスタンチン」だった。ここでの仕事はできなかった——つかまったので。

逮捕

一九〇八年三月二十九日、グルジニ（モスクワの地区）で手入れにあった。私たちの非合法印刷所である。私はノートを呑みこんだ。住所《アドレス》の書きこんである、しかも表紙のついたやつをである。プレスニャ警察署。保安課（革命運動取り締まりの一種の秘密警察）。スシチュフカヤ警察署。予審判事のヴォリタノフスキーという男は（自分では巧妙な取り調べのつもりで）書き取りをさせた。私は檄文を起草した罪に問われていたのである。私は手をつけられぬほどひどく書き取りをまちがえてやった。「ソチャリジモクリチーチェスカヤ」（ソツィアル・デモクリチーチェスカヤ「社会民主党」の誤綴）などと書いてやった。これでどうやらごまかしおおせたらしい。保釈になった（記録によれば同年四月九日）。警察署では、ふしぎに思いながらも「サーニン」を読んだ。なぜか知らないが、この本はどこの署にもあった。きっと為になる本なのだろう。

釈放後、一年ばかり党活動。それからまた短期間の拘留。拳銃を見つかったのだ。父の友人で、当時クレスチ監獄長の助手で、私の手入れのとき巻添えをくって逮捕されたマフムドベコフが、拳銃は彼のものだと言ってくれたので、釈放された（この勾留は一九〇九年一月十八日から同年二月二十七日まで）。

三度目の逮捕

私の家の部屋を借りていた連中（コリーゼ――非合法名はモルチャーゼ――・ゲルライチスその他の人たち）が、タガンカ監獄の下にトンネルを掘っていた。婦人政治犯を脱走させようというのだ。ノヴィンスカヤ監獄の脱走は成功した。私はパクられた（一九〇七年七月二日）。監獄に入りたくなかったので、あばれた。署から署へ、タライ廻しにされた。バスマンナヤ、メシチャンスカヤ、ミャスニーツカヤ、等々。そして最後にブトゥイルキ監獄。一〇三号の独房。

ブトゥイルキ監獄の十一カ月

私にとって最も重要な期間である。理論と実際活動の三年間のあと、私は文学作品に跳びついたのだった。

新しいものを片っ端から読んだ。シンボリストのもの――ベールイ、バリモントなど。形式の新しさに夢中になった。しかし、何かしらよそよそしかった。主題《テーマ》やイメージが私の生活とかけ離れている。おなじ程度に美しく、しかしほかのことを自分で書いてみようとした。その結果、おなじようにほかのことを書くのは不可能とわかった。できた作品は、気取った、メソメソしたものだったのである。たとえばこんなもの、

森は金と紫のきものを身にまとい、
陽の光は寺院の頭上にたわむれた。
ぼくは待った。だが数百の悩ましい日々は
ひと月、また、ひと月と失われた。

こんな調子でノートを一冊書きつぶした。看守さん、ありがとう——釈放のとき没収されたのである。さもなければ今ごろ活字になっていたかもしれない！

現代のものを読み終えて、古典に襲いかかった。バイロン、シェイクスピア、トルストイ。最後に読んだのは「アンナ・カレーニナ」だった。これは読み終えなかった。真夜中に「荷物をまとめろ」と声がかかったのである。だからカレーニン夫婦の物語の最後がどうなったのか、いまだに知らない。

私は釈放された（一九一〇年一月九日）。（保安課の決定によれば）三年の刑でトゥルハンスク（シベリアの流刑地）へやられるところだったのである。マフムドベコフがクルロフ（当時の内務大臣の友人だった人物）

に話をつけてくれたのだった。

監獄にいるうちに第一審があった。有罪だが、未成年。両親の責任において、警察の監視つきで仮釈放。

いわゆるジレンマ

娑婆《しゃば》に出たときは気が立っていた。私がそれまでに読んだのは、いわゆる有名作家のものばかりだ。しかし、かれら以上にみごとに書くことは、じつに造作ない。私にはすでに正しい世界観がある。ただ芸術の修練が必要だ。それをどこで獲得しよう。私は無学だ。まじめな学問をしなければいけない。それなのに中学からは追い出されるし、ストロガノフ工芸学校からさえ追い出されていた。党に残るとすると、地下にもぐらねばならない。地下にもぐれば、勉強はできなくなると私は思った。一生涯ビラの文句ばかり書き、まちがっていないにしろ私が考え出したのではない他人の本の思想を、並べてみせることが仕事になる。今まで読んだものを私からふるい落としたら、何が残るだろう。マルキシズムの方法が残る。しかしその武器をつかんだのは、ほんの子供の手ではなかっただろうか。その武器を身につけるとしても、自分の思想とかかわりがある場合にのみ、それは有効になる。現在もし敵と出っくわしたら、どうなるだろう。早い話が、私はアンドレイ・ベールイより上手に書けないじゃないか。彼は自分のことを「空にパイナップルを投げ上げ」（ベールイの詩「山にて」）などと楽しげに書くが、私は自分のことをじめじめと「数百の悩ましい日々は」なんて書いている。ほかの党員はいい。かれらは大学を出ている。（最高学府というやつを——その何たるかをまだ知らなかったので——当時の私は大いに尊敬していた！）

　私の上にのしかかってきた古い美学に、私は何を対抗させられるだろう。革命も私にまじめな勉学を要求しているのではなかろうか。私は当時の同志、メドヴェジェフの所へ相談に行った。社会主義の芸術をつくりたい。セリョージャは、腸《はらわた》が細い（「できるものか」の意）と言って、げらげら笑った。

今にして思えば、あいつ私の腸《はらわた》を過少評価していた。私は党活動をやめた。勉強を始めた。

職人芸の始まり

私には詩は書けないような気がした。実験が惨めな結果に終わっていたから。そこで絵を始めた。ジュコフスキーのアトリエで勉強した（一九一〇年の初め四カ月間である）。良家の娘たちといっしょに銀の茶器など写生した。一年ほど経ってから（これはマヤコフスキーの思いちがい）自分が手芸を習っているも同然であることに気がついた。ケーリンのアトリエへ行った（一九一〇年の中ごろ）。彼はリアリズム派だ。立派な絵描き。すばらしい教師。堂々としている。お天気屋である。

先生の要求はホルバイン（十六世紀のドイツの画家、ハンス・ホルバインを指す。木版画と肖像画で有名）風の職人芸だ。きれいごとは容赦しない。

尊敬した詩人はサーシャ・チョールヌイ（当時の諷刺・ユーモア詩人。反動期のブルジョアのモラルを題材に諷刺詩を書いた）。その反審美主義に感激した。

最後の学校

一年間、頭像の写生ばかりやった。絵画・彫刻・建築専門学校に入った（一九一一年八月）。思想穏健の証明書なしで入学できる唯一の学校である。勉強はせっせとやった。

おどろいたのは、人真似する連中が可愛がられ、個性的な生徒が追い出されたことである。ラリオーノフ、マシコフなど（いずれも一九一〇年にこの学校から退学になった未来派系統の画家）。革命的本能から、私は追い出された人たちの味方だった。

ダヴィド・ブルリュック

学校にブルリュックがあらわれた。生意気なつらがまえ。長柄の眼鏡。フロックコート。鼻歌まじりで歩きまわっている。私はむかむかした。喧嘩しそうになった。

喫煙室にて

お上品な集まり。音楽会である。ラフマニノフ。「死の島」（この音楽会は記録によれば一九一二年二月四日である）。我慢できないほど退屈なメロディに、逃げ出した。すると少し経ってブルリュックも出てきた。二人でげらげら笑った。いっしょに散歩に出た。

記念すべき夜

話し合った。ラフマニノフの退屈から学校の退屈へ、学校の退屈からあらゆる古典の退屈へ。ダヴィドには同時代人を追い越した巨匠の怒りがあり、私には古きものの崩壊の必然を知る社会主義者の情熱がある。ロシア未来派が誕生した。

次の夜

ひるま、詩が一つできた。正確にいえば断片だ。ひどい断片である。どこにも発表してない。その夜のこと。スレチェンスキー通り。私はブルリュックに何行か読んできかせた。そしてこれは友人の作品だと言い添えた。ダヴィドは立ちどまった。私の顔をじろじろ見た。それから大声で、「そりゃあ、きみが自分で書いたんじゃないか！　こりゃあ、きみは天才的な詩人じゃないか！」自分のことでこんな大仰な形容詞が使われたので、私は嬉しかった。そして詩に打ちこみ始めた。その晩、私は全く思いがけなく詩人になったのである。

ブルリュックの奇行

次の朝になるとブルリュックはもう、私を誰かに紹介するとき、低音《バス》で「知らないのかい？　ぼくの天才的な友人だ。有名な詩人、マヤコフスキー君」。私はブルリュックをつっつく。だがブルリュックはけろりとしたもの。それからその人物を離れて、私に小さな声で、「こうなったからには書いてくれよ。でないと、おれの顔が立たねえからな」。

こうして毎日

書かねばならぬことになった。最初の作品（最初の職業的作品、活字になった作品）——「赤紫と白は」（「夜」の冒頭）その他を書いた。

すばらしいブルリュック

ダヴィドのことを思うと、いつも愛情が涌いてくる。すばらしい友人だ。私の実際上の教師である。ブルリュックは私を詩人にしてくれた。フランスやドイツの本を読んでくれた。本を貸してくれた。歩きまわっては、ひっきりなしにお喋りした。いつも私を離さなかった。毎日五十カペイカずつくれた。腹をへらさずに書けというのである。

クリスマスに、ノーヴァヤ・マヤチカ（ブルリュックの父親が管理していたヘルソン県の領地）へ連れて行ってくれた。そこからは「港」その他の作品を持ち帰った。

「なぐる」

マヤチカから帰った。思想は曇ったとしても、気分は砥ぎすまされていた。モスクワにはフレーブニコフがいた。彼の物静かな才能は、乱暴なダヴィドにかき消されて、当時の私には見えなかった。モスクワには未来派の言葉のジェズイット教徒――クルチョーヌイフもいた。

抒情的な幾晩かのあとで、私たちは共同のマニフェストを生みだした。ダヴィドが原稿を集め、書き直し、私と二人で題名をつけ、「社会の趣味を殴る」（マヤコフスキーが参加した最初の未来派作品集）を出版した。

騒ぎだす

「ダイヤのジャック」（フランス印象派の影響を受けた当時のロシアの若い画家たちの美術団体）の展覧会。討論会。私とダヴィドの猛烈な演説（マヤコフスキーは「ダイヤのジャック」の保守性攻撃の演説をやった）。新聞記事は未来派だらけになった。記事の調子はあまり上品とはいえない。たとえば私のことを、「できそこない」と呼んだものである。

黄色いルバーシカ

服が一着もなかった。ルバーシカが二枚——よれよれのやつである。そこで考えたのが、飾りにネクタイを使うことだった。買う金がない。姉のところから黄色い布を一枚もらってきた。それを首のまわりに巻きつけた。センセーションが起こった。してみれば、人間でいちばん目立つ美しい部分はネクタイというわけである。ネクタイを大きくすればするほど、センセーションも大きくなるにちがいない。ところでネクタイの大きさは限られているから、私はうまいことを考え出した。ネクタイ風ルバーシカとルバーシカ風ネクタイを作ったのである。

その印象は圧倒的だった。

もちろん

芸術界のおえらがたはかんかんになった。校長のリヴォフ公爵は、批判や煽動を中止せよと申し入れてきた。私たちは拒否した。

職員会議は私たちを退学処分にした（一九一四年二月二十一日）。

愉快な一年（一九一三年を指す）

ロシア国中をまわった。講演旅行。当局は目を光らせた。ニコラエフでは、政府やプーシキンのことは喋らないように、と注意されたものである。しばしば弁士が口をひらくかひらかないうちに、警察が中止を命じた。私たちの一隊にヴァーシャ・カメンスキーが加わった。最年長の未来派詩人だ。

私にとって、この当時何年間かは、形式上の仕事と、言葉の修練の期間だった。出版社は私たちを受けつけなかった。資本主義的な鼻は、私たちのなかにちょっとしたテロリストを嗅ぎつけていたのである。私の詩は一行も金にならなかった。

モスクワへ戻ると、たいてい街頭で暮らした。
この頃、悲劇「ヴラジーミル・マヤコフスキー」を完成した。ペテルブルクで上演した。ルナ・パルク（この上演は一九一三年十二月）。穴だらけになるほど口笛で野次られた。

一九一四年の初め

技術の高揚を感じた。主題《テーマ》を把握できる。本腰を入れた。主題《テーマ》の問題を設定した。革命的な主題《テーマ》だ。「ズボンをはいた雲」の構想を立てた。

戦　争（第一次世界大戦）

興奮して受け入れた。最初は、その装飾的で騒がしい面のみを。注文のビラ、もちろん全く軍事的なビラを書いた。それから詩。「宣戦布告」。

八月

最初の大会戦。俄然、戦争の恐怖が立ちはだかってきた。戦争はけがらわしい。銃後はもっとけがらわしい。戦争を語るには、それを見なければならない。義勇兵に志願した。採用されなかった。思想穏健を欠くという理由で。

モドリ大佐（保安課の課長）もたまには気のきいたことをやったわけだ。

冬

戦争にたいする嫌悪と憎悪。「ああ、とじて、とじて、新聞の目を」（「ママと、ドイツ軍に殺された夜」の冒頭）その他を書いた。

芸術に全く関心がなくなった。

五　月（一九一五年）

トランプで六十五ルーブリ儲けた。フィンランドへ行った。クオッカラ（現在はレーピレ村）。

クオッカラ

七知人システム（七毛作システム）。すなわち食事上の交友関係を七つつくった。日曜にはチュコフスキー（文芸批評家、歴史家。マヤコフスキーの友人）を食い、月曜にはエヴレイノフ（演出家、劇作家。モダニズム風の舞台を得意とした）を食い、といった調子。木曜はいちばんわるかった――レーピン（「ヴォルガの船曳き人夫」で有名な画家。菜食主義者）の野菜をたべなければならない。身長一サージェン（二・一メートル）の未来派詩人にとって、これはたまらない。

夜な夜な海岸をぶらついた。「雲」を書いた。

まもなく革命が始まるという意識が強まった。

ムスタミャキ（ペトログラード近郊の別荘地）へ行った。M・ゴーリキー。彼に「雲」の一部を読んできかせた。感傷的になったゴーリキーは私に寄りかかって泣き出し、私のチョッキをすっかり濡らしてしまった。詩で他人を感動させたのだ。私はちょっと得意になった。まもなくわかったことだが、ゴーリキーはどんな詩人のチョッキにでも寄りかかって泣くのである。

それでもチョッキはしまってある。どこか田舎の博物館にゆずってもいい。

「新サチュリコン」（一九一四年に発刊された週刊諷刺雑誌）

六十五ルーブリは何の苦もなく消え失せた。何か食べる必要に迫られて、「新サチュリコン」に寄稿し始めた。

とても嬉しかった日

一九一五年七月。L・UおよびO・M・ブリークと知り合った。

召集

召集された（一九一五年十月八日。以後マヤコフスキーは十月革命まで自動車学校に勤務した）。もう戦線へ出るのはいやだった。製図家だといつわった。夜になると、ある技師のところへ行って、自動車の図面の引き方を習った。出版のほうはもっと事情がわるかった。兵役にある者は、印刷物の出版を禁じられていたのである。私をよろこばせたのはブリークだった（前記O・M・ブリークを指す）。私のすべての作品を一行五十カペイカで買ってくれた。

「背骨のフルート」と「雲」を出版してくれた。「雲」は世に出たときは綿雲になっていた。検閲の風が吹き散らしたのだ。ほとんど六ページもぶっつづけに点々だらけだった。
それ以来というもの、点々がきらいである。コンマもきらいである。

徴用

実にいやな期間。（仕事を適当にサボって）上官の似顔を描いていた。あたまのなかでは「戦争と世界」が、心のなかでは「人間」が伸びかけていた。

一九一六年

「戦争と世界」を書き上げた。すこし後《おく》れて「人間」。断片を「レートピシ（年代記）」（ゴーリキーの主宰した雑誌。長詩「戦争と世界」はこの雑誌に掲載の予定で執筆されたが検閲により中止）にのせた。勤めをわざと休んじゃった。

一九一七年二月二十六日（二月革命である）

自動車をとどけに国会《ドゥーマ》へ行った。ロジャンコ（当時の国会臨時委員会議長）の部屋へ入った。ミリュコフ（当時の外務大臣）の顔をみた。彼は黙っていた。けれども、私はなぜか彼が吃《ども》っているような気がした。一時間も経つと、うんざりした。外へ出た。四、五日のあいだ、自動車学校の指揮をとった。全体の気分はグチコフ（臨時政府の軍事大臣）調だった。昔ながらの軍人連中が、昔ながらに国会《ドゥーマ》内を横行している。このあと間もなく社会主義者たちがあらわれることは、私にとって明らかだった。ボリシェヴィキだ。革命の最初の何日かで、詩人の記録「革命」を書いた。「芸術のボリシェヴィキ」と題して講演をやった（一九一七年九月二十四日、モスクワ）。

八　月

ロシアはすこしずつケレンスキー（臨時政府の首相）から離れていった。みんな彼を尊敬しなくなった。私は「ノーヴァヤ・ジーズニ（新生活）」（一九一七年四月に発刊されたメンシェヴィキ系の雑誌）への寄稿をやめた。「ミステリヤ・ブッフ」を考え始めた。

十月

認めるか、認めないか。そんな問題は私には（ほかのモスクワの未来派詩人にも）存在しなかった。私の革命である。スモルニーへ行った。仕事した。必要なことは何でもやった。会議が頻繁になった。

一月（一九一八年の）

モスクワへ行った。講演会。夜はナスタシンスキー通りの「詩人のカフェ」。現在の詩人サロンの革命期のおばあさんみたいなものである。映画のシナリオを書いた（一九一八年前半に三本のシナリオを書いている）。自分で主演した。映画のポスターを描いた。六月。ふたたびペテルブルク。

一九一八年

ロシア社会主義共和国は、芸術どころではなかった。だが、私にはその芸術が問題なのだ。クシェシンスカヤの家（元バレリーナの邸宅。革命後はプロレタリア芸術協会があった）のプロレトクリトへ通った（これは実は一九一七年夏のことである）。

なぜ入党しなかったか。共産党員は戦線で働いていた。芸術・啓蒙の分野にはまだ協調主義者たちがいる。私はアストラハンへ魚でもとりに出張させてもらいたかったのだが。

一九一八年十月二十五日

「ミステリヤ・ブッフ」を書き終えた。朗読した。噂がひろまった。メイエルホリドとK・マレーヴィチが上演した。猛烈に野次られた。特に野次ったのは、共産主義づいてきたインテリどもだ。アンドレーエヴァ（当時のペトログラード・ソビエト演劇課長）は指一本動かさなかった。野次をとめるために。たった三回上演しただけで、おクラになった。おあとは「マクベス」と交代。

一九一九年

「ミステリヤ」や、私と友人たちのほかの作品をもって、工場をまわった。歓迎された。ヴィボルグ地区（レニングラードの）では「コム・フト」（共産主義的未来派）が組織され、私たちは「コンミュンの芸術」を発刊した（一八年十二月に発刊され、一九年三月までつづいた）。アカデミーは崩壊にひんした。春、モスクワへ移った。

あたまは「一五〇〇〇〇〇〇〇」でいっぱいだった。ロスタ通信社の宣伝部に入った（一九一九年十月から二一年一月まで）。

一九二〇年

「一億五千万」を書き終えた。署名なしで発表した。みんなに書き加えてもらい、よりよくしてもらおうと思ったのである。そうしてもらえなかった代わりに、作者名はすぐ知れてしまった。それでもかまわない。ここには署名入りで印刷しよう（この自伝は一九二二年発行マヤコフスキー二巻選集第一巻のために書かれた）。

夜も昼もロスタ通信社。いろんなデニーキン（白軍の将軍）の輩《やから》が攻め寄せてくる。私はテキストを書き、絵を描いた。約三千のプラカードをつくり、六千の署名をした。

一九二一年

いろんな遅延、にくしみ、官僚主義、間抜けを突きやぶって、「ミステリヤ・ブッフ」の第二版を上演した。メーデーに間に合った。演出はメイエルホリド、美術はラヴィンスキー、フラコフスキー、キセレフ。コミンテルン第三回大会のために、サーカス場でドイツ語版を上演した（同年六月末）。この方の演出は、グラノフスキー。美術はアルトマンとラウデル。約百回の上演。

イズヴェスチヤ紙に寄稿し始めた（最初の寄稿が有名な「会議にふける人々」である）。

一九二二年

出版所マフ（モスクワ未来派連盟）を組織した。未来派の詩人たちを集めた、これは一種のコンミュンである。極東からアセーエフ、トレチャコフ、その他の喧嘩友だちがやって来た。三年越しの計画だった「第五インターナショナル」を書き始めた。ユートピアである。五百年後の芸術を描くつもりである（この作品は全八部のうち二部を書いただけで未完に終わった）。

一九二三年（以下は一九二八年発行の全集第一巻のために書き足した部分）

私たちは「レフ（芸術左翼戦線）」を組織した（三月号創刊）。「レフ」は、未来派のあらゆる武器をもって大きな社会的主題《テーマ》を普及させるためのものである。もちろん問題はこの定義だけに限定されない――興味をもつ方は雑誌を読んでいただきたい。私たちは強固に団結した。ブリーク、アセーエフ、クシネル、アルヴァートフ、トレチャコフ、ロトチェンコ、ラヴィンスキー。

「これについて」を書いた。個人的な動機によって、一般的な世相を書いたのである。長詩「レーニン」を考え始めた。「レフ」のスローガンの一つ、大きな成果の一つは、生産的な芸術を非唯美主義化したこと、すなわち構成主義である。その詩的附録ともいうべきものが、アジ詩であり、経済のためのアジ詩、すなわち広告である。詩壇は馬鹿にするが、「モッセリプロムのほかになし」（モッセリプロム、すなわちモスクワ地方農村企業体のためにマヤコフスキーが書いたキャッチ・フレーズ）を、私は最高度の詩だと思っている。

一九二四年

「クルスク労働者のための記念碑」（長詩）。「レフ」のことで、ソビエト中を何度も講演旅行。「記念祭の唄」——これはプーシキンに捧げた作品である。それから、似たような詩を連作で書いた。旅行は、チフリス、ヤルタからセヴァストーポリへ。「タマーラとデモン」その他を書いた。長詩「レーニン」を書き終えた。労働者の集会で何度も朗読した。この長詩は単なる政治的パンフレットとして低くみられる可能性があったので、私はたいそう心配だった。だが労働者聴衆の反応は私をよろこばせ、この作品の必要性を確信させた。何回も外国へ行った。ヨーロッパの技術、産業主義、それらをまだ野蛮な旧ロシアと結びつけるためのあらゆる試み——それはレフによった未来派のかねてからの念願だった。

統誌の発行部数こそかんばしくないが、「レフ」の仕事は拡大されていった。

この発行部数というやつは、国立出版所の大きくて冷血なメカニズムがしばしば個々の雑誌にたいして官僚主義的に無関心である、そのあらわれにすぎないことを私たちは知っている。

一九二五年

アジ長詩「飛ぶプロレタリア」と、アジ詩集「自分で空を飛ぼう」(これは出版されなかった)を書いた。

世界一周旅行。この旅行の初めに、パリを主題にした最近の長詩(個々の詩篇から成る）を書いた。私は詩から散文へ移りたいと思っているが、きっと移るだろう。この年は最初の長篇小説を仕上げなければならない（小説は発表されなかった）。

一周はできなかった。第一にパリで金を盗まれたし、第二に、半年も旅行がつづくと矢も盾もたまらなくなって、ソビエトへ飛び帰ったのである。サンフランシスコにさえ（講演に呼ばれていたのに）行かなかった。メキシコ、アメリカ合衆国、それからフランス、スペインの一部を旅行しただけだった。その結果、二、三冊の本ができた。散文の社会評論「私のアメリカ発見」、それから詩作品では「スペイン」「大西洋」「ハバナ」「メキシコ」「アメリカ」など。

小説は、あたまのなかでは書き終わったのだが、紙の上には書かなかった。というのは、あたまのなかで書き足しているうちに、こしらえものにたいする憎しみが涌きおこり、実名と事実が欲しくなってきたからである。しかし、これは二六年、二七年の仕事にしてもいい。

一九二六年

私は仕事のなかで意識的に自分を新聞記者にしようとしている。新聞の学芸欄や、スローガン。ほかの詩人たちは嘲笑するが、かれらは新聞記者の仕事さえできないで、どっちへどう転んでも大差ない埋草を書くだけなのである。かれらのばからしい抒情詩を読むと、私はおかしくなってくる。それは実にやさしい仕事で、しかも手前の女房のほかには誰の興味もひかないではないか。

「イズヴェスチヤ」「トルート（労働）」「ラボーチャヤ・モスクワ（働くモスクワ）」「ザリャー・ヴォストーカ（東の暁）」「バキンスキー・ラボーチー（バクー労働者）」その他に寄稿した（いずれも新聞）。

第二の仕事としては、断絶した田園詩人《トルバドゥール》や吟遊詩人《ミンストレル》の伝統を引きつぐことである。私は各都市をまわって、朗読をやっている。ノヴォチェルカスク、ヴィニッツァ、ハリコフ、パリ、ロストフ、チフリス、ベルリン、カザン、スヴェルドロフスク、トゥーラ、プラーハ、レニングラード、モスクワ、ヴォロネジ、ヤルタ、エンパトリア、ヴャトカ、ウーファ、等々。

一九二七年

「レフ」を（つぶそうという試みがあったのだが）再建した。すでに「新レフ」である（「レフ」は二五年までに七冊を出して中絶していた）。基本的な立場は、虚構と審美主義と心理主義に反対し、アジテーションと、高度の政治・社会評論と、記録を擁護すること。現在の私の基本的な仕事は「コムソモルスカヤ・プラウダ」紙への寄稿（この仕事は最後の年一九三〇年までつづけられた）であり、時間外労働で「とてもいい！」を書いている。

ちょうど「ズボンをはいた雲」が当時そうであったように、私は「とてもいい！」は綱領的な作品であると思っている。抽象的な詩的方法（誇張、唐草模様にも似た自己満足的なイメージ）を制限すること、記録的・煽動的資料を加工するための詩的方法を発明すること。

些細ではあるが、未来への正しい第一歩として充分に力強い事実を、皮肉な情熱《パトス》をこめて描写すること。たとえば「チーズは汚れてない。ひかる電燈。価格引下げ」（「とてもいい！」の第十九章より）。さまざまな歴史的意義をもち、個人的連想との関連においてのみ正当な計画や事実をみちびき入れること。たとえば「ブロークとの会話」（「とてもいい！」の第七章を指す）、「ものしずかなユダヤ人、パーヴェル・イリイチ・ラヴートが、ぼくに語った物語」（おなじく第十六章より）。

私はこれらの計画を仕上げよう。

それから映画のシナリオと子供のための本を書いた。

それから吟遊詩人《ミンストレル》をつづけた。約二万通の質問状を集め、「万能の答」（質問状にたいする）という本を計画している（この本は書かれずに終わった）。読者大衆が何を考えているか、私は知っている。

一九二八年

長詩「わるい」を書いている（この長詩は書かれずに終わった）。それから戯曲（「南京虫」を指す）と、私の文学的自叙伝。大勢の人が「あなたの自伝はあまり真面目じゃありませんね」と言った。その通りである。私はまだアカデミー化していないから、子供のように私事をあやすのは苦手なのだ。だから自分のことで興味あるのは、おもしろおかしいことだけである。多くの文学流派が興っては衰えたこと、シンボリストやレアリストたちのこと、私たちがかれらとたたかったこと――これらすべてを私は目撃してきた。それは私たちのたいそう真面目な歴史の一部である。だから、そのことについては書かねばなるまい。だから書くだろう。

〔一九二二、一九二八〕

社会の趣味を殴る

われわれの最初の美と驚異を読む人々へ。

われわれだけがわれわれの時代の顔だ。われわれは文字によって時の角笛を吹き鳴らす。

過去は狭い。アカデミーも、プーシキンも、象形文字以上に不得要領だ。

プーシキン、ドストエフスキー、トルストイ、その他もろもろを現代という名の汽船から投げ捨てるがいい。

初恋を忘れられぬ者は、最後の恋をも察知できまい。

だが、香料ふんぷんたるバリモントのエロ文学に最後の恋を捧げるお人好しは、どこの誰だ。その恋に、今日の勇敢な精神の反映が見出だせるか。

そして、ブリューソフの武人の黒い燕尾服から、紙の鎧《よろい》をひっぱがすことを恐れる臆病者は、どこの誰だ。その鎧に、未知の美の夜明けの痕跡が認められるか。

無数のレオニード・アンドレーエフの徒輩が書いた本の不潔な涎《よだれ》に汚れた、諸君の手を洗うがいい。

マクシム・ゴーリキー、クプリーン、ブローク、ソログープ、レミゾフ、アヴェルチェンコ、チョールヌイ、クジミン、ブーニン、その他もろもろに必要なのは、たかだか海のほとりの別荘だ。これが仕立屋どもの報酬なのだ。

われわれは摩天楼の高みから、かれらの無能を見る。

われわれは命じる。詩人の以下の諸権利を尊ぶべし。

一　任意の生産的なことばにより、辞書の容積を増大させること（言語の新機軸）。

二　それら以前に存在したことばに対する執念深い憎しみ。

三　諸君が箒《ほうき》の枝で作った唾棄すべき安物の月桂冠を、われわれの誇り高き額《ひたい》から払いのけること。

四　口笛と憤慨の海のただなか、「われわれ」ということばの岩の上にとどまること。

そして、たとえわれわれの詩行に依然、諸君の「常識」や「良き趣味」の不潔な刻印が残っているとしても、そこにはすでにして初めて自己価値のことば（自己形成のことば）の新しい未来の美の稲妻がひらめくのだ。

モスクワ、一九一二年十二月

D・ブルリュック

アレクサンドル・クルチョーヌイフ

V・マヤコフスキー

ヴィクトル・フレーブニコフ

著者略歴

Владимир Владимирович Маяковский

ヴラジーミル・マヤコフスキー

ロシア未来派の詩人。1893年、グルジアのバグダジ村に生まれる。1906年、父親が急死し、母親・姉たちとモスクワへ引っ越す。非合法のロシア社会民主労働党に入党し逮捕3回、のべ11か月間の獄中で詩作を始める。10年釈放、モスクワの美術学校に入学。12年、上級生ダヴィド・ブルリュックらと未来派アンソロジー『社会の趣味を殴る』のマニフェストに参加。13年、戯曲『悲劇ヴラジーミル・マヤコフスキー』を自身の演出・主演で上演。14年、第一次世界大戦が勃発し、義勇兵に志願するも結局、ペトログラード陸軍自動車学校に徴用。戦中に長詩『ズボンをはいた雲』『背骨のフルート』『戦争と世界』『人間』を完成させる。17年の十月革命を熱狂的に支持し、内戦の戦況を伝えるプラカードを多数制作する。24年、レーニン死去をうけ、叙事詩『ヴラジーミル・イリイチ・レーニン』を捧ぐ。25年、世界一周の旅に出るも、パリのホテルで旅費を失い、北米を旅し帰国。スターリン政権に失望を深め、『南京虫』『風呂』で全体主義体制を諷刺する。30年4月14日、モスクワ市内の仕事部屋で謎の死を遂げる。翌日プラウダ紙が「これでいわゆる《一巻の終り》／愛のボートは粉々だ、くらしと正面衝突して」との「遺書」を掲載した。

訳者略歴

小笠原 豊樹〈おがさわら・とよき〉詩人・翻訳家。1932年、北海道虻田郡東倶知安村ワッカタサップ番外地（現・京極町）に生まれる。東京外国語大学ロシア語学科在学中にマヤコフスキー作品と出会い、52年に『マヤコフスキー詩集』を上梓。56年、岩田宏の筆名で第一詩集『独裁』を発表。66年『岩田宏詩集』で歴程賞。71年に『マヤコフスキーの愛』、75年に短篇集『最前線』を発表。露・英・仏の3か国語を操り、『ジャック・プレヴェール詩集』、ナボコフ『四重奏・目』、エレンブルグ『トラストDE』、チェーホフ『かわいい女・犬を連れた奥さん』、ザミャーチン『われら』、カウリー『八十路から眺めれば』、スコリャーチン『きみの出番だ、同志モーゼル』など翻訳多数。2013年出版の『マヤコフスキー事件』で読売文学賞。14年12月、マヤコフスキーの長詩・戯曲の新訳を進めるなか永眠。享年82。

マヤコフスキー叢書
私自身
わたし　じしん

ヴラジーミル・マヤコフスキー 著

小笠原豊樹 訳

2017年3月28日　初版第1刷印刷
2017年4月14日　初版第1刷発行

発行者 豊田剛
発行所 合同会社土曜社
150-0033
東京都渋谷区猿楽町11-20-301
www.doyosha.com

用紙 竹尾
印刷 精興社
製本 加藤製本

I, Myself
by
Vladimir Mayakovsky

This edition published in Japan
by DOYOSHA in 2017

11-20-301 Sarugaku Shibuya
Tokyo 150-0033 JAPAN

ISBN978-4-907511-35-7　C0098

マヤコフスキー叢書

＊

小笠原豊樹訳・各952円・全15巻・2014年４月初回配本〜17年４月完結

ズボンをはいた雲

悲劇ヴラジーミル・マヤコフスキー

背骨のフルート

戦争と世界

人　　間

ミステリヤ・ブッフ

一五〇〇〇〇〇〇〇

ぼくは愛する

第五インターナショナル

これについて

ヴラジーミル・イリイチ・レーニン

とてもいい！

南京虫

風　　呂

私自身